JN080886

残り香とともに

方 良里

PAN
Yanri

文芸社

CONTENTS

Ⅲ　魂の歌

Ⅰ　残り香

明日へ

嵐の前に
　　一人
　　　　街路樹の下を歩きながら

太陽に照らされ
　　月に鑑みて

古より伝わる楽器を奏で
　　秘やかな音楽に身を捧げながら

さあ

　　胸を張って言おう

全ては　明日という日の為だと

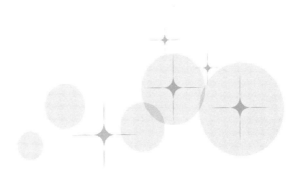

7

残り香

香油を塗られた
　　イエスの足元にひれ伏し

匂いたつ一瞬の魔法に酔いしれて
　　あまねく見る者と聞く者の心に
　　　揺さぶりをかける

挙げた手の
　　その先に見えるものは何か

象牙のような手ざわりのその肌に
　　いつの頃からか
　　　　甘い香りのする花が添えられて

冷たくなった肢体に触れる頃には
　　残り香だけが
　　　　漂っていた

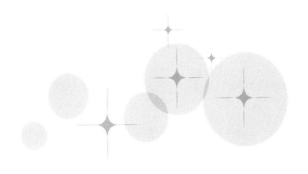

ことばⅤ

たたきつける
　割れる
　　形成される

繰りかえすことばの数々を
　大河の暦（こよみ）の流れにのせて
　　自らを省みる

幾つもの波のうねりの中で
　どれほど心を高揚させ
　　あるいは落胆させることばが
　　あっただろうか

大河は　ことばをのせて
大きく揺れながら
どこまでも流れてゆく

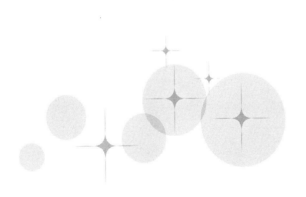

ことばVI

割り当てられた仕事をこなす
若人<ruby>若人<rt>わこうど</rt></ruby>たちの腕から腕へと動く
石の重みと共に
古代の遺跡の中から
叫ぶ声を聞いた
──水の都から来た渡り人のように
段差をつけて
水の上にことばの石を並べていけと

若人たちは　その声に呼応して
　大きな岩から切り崩した
　　ことばの石を
巧みに　水の上に並べていく

　時を経て　それらは
大きな石の書物となるのであろう

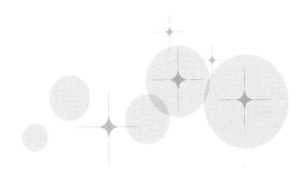

Ga͏̮i

陽気に唄えばいい
　Gai
ただ　それだけのこと

時を忘れ
空間に漂って

★Gai＝陽気な（フランス語）

陽気に唄えばいい
　Gai
ただ　それだけのこと

涙を笑いに変えて
時を忘れて　唄えばいい

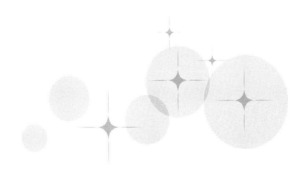

Bagatelle

ふれあえばふれあうだけ
はなれてゆく　心と心

窓から差しこむ日差しを
斜に受けて
Bagatelleを聴きながら
物思いにふける

★Bagatelle＝ピアノのための小品

この身を引きうけてくれる
神の手に
いつでも差しだされている
その手に包まれて―――

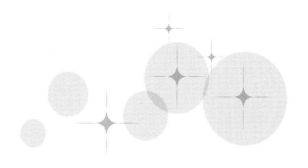

街の中で

とあるカフェテラスで
　一杯の紅茶の湯気の向うから

サン・マルタン運河をぬけていこう
　そんな声がきこえた気がした

息をひそめて耳を澄ましてごらん
　何がきこえるだろう
恋人たちのおしゃべりか　野鳥の鳴き声か

街の喧騒を通りぬけ
　どこまでも歩いていくと

もう一人の自分が待っていて
　私に微笑みかけ
影となって進んでいくのだった

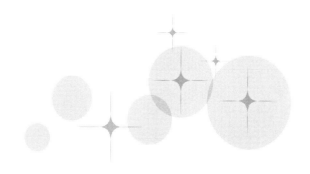

音楽Ⅲ

麗しい声で謳われるベル・カント
螺旋状にのびた音を弦で描いた
エクリチュールに舌を巻くスワンたち

澄んだ空気の中で
トロンボーンの奏でる音が
その場を包んで空気を震わせる

フルート　クラリネットが音を重ね
弦楽器と相まって
音の世界を練りあげていく

音の世界は宙に舞いあがり
観客たちを包みこんで
至福の時を演出する

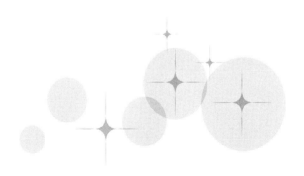

Ⅱ　気流

Avec fleur Ⅰ

（アベク　フルール）

Naitre　　　　　　　Naitre
（ネトゥル）
Mourir　　　　　　　Mourir
（ムリール）
蘇る　　　　　　　　　蘇る

　　Avec fleur　　　　　　Avec fleur

　心にひとつ芽ばえた種子
　そこから花が咲き
　あなたに向かって伸びていく

★Avec fleur＝花とともに（フランス語）
　　naitre＝生まれる
　mourir＝死ぬ

24

心と心をつないで
どこまでも
絡みあって伸びていく
枯れてもまたそこから
種子がこぼれおち
再び花を咲かせて
連なっていく───

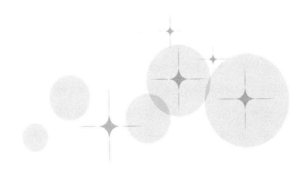

Avec fleur Ⅱ

Pleurer　　　　　Pleurer
ブ ル レ

Rire　　　　　　Rire
リール

　甦る　　　　　　甦る

　　Avec fleur　　　Avec fleur

反復動作をつづける人間たち
感情を押し殺しても
一体　何になるのだろう

★pleurer＝泣く（フランス語）
　rire＝笑う

心の赴くままに
花の種子を連ねて土にまき
そこから芽がでて
再び花が咲くままに
心をひらいて
いつまでも───

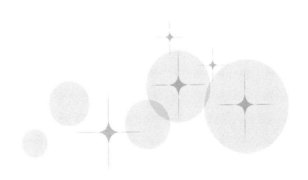

Heart flower

Heartを射抜く目をしたミツバチは
甘美な便りをうけとると
花から花へと飛びまわり
ことばの蜜を創りだす

ことばの哲学を探究せよ？
否　その必要はない
それよりも
心から感じていることを述べ伝えよ
誠実に

そうして　ミツバチの創りだした
ことばの蜜をからめて
自分だけのことばから成る
心の花を咲かせるのだ

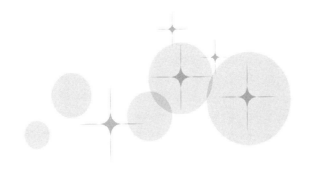

一本の木

過去という種子から芽生えてきたツルは
　　ヴィーナスの肢体に巻きつき
現在という幹に絡みあって伸びていき
　　未来という花を咲かせる

善悪を知る命の木から
　　その実をとって食べたのは
誰であったろうか

邪悪な人間たちは
　　その木を土から引きぬこうとするが
不思議な生命をもったその木は
　　根を対称に張らせて
人間の力では引きぬけないように
　　下からしっかりと支えているのである

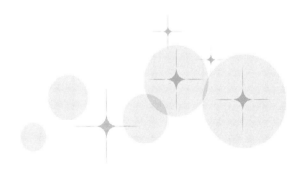

War and Peace

クレープの焼ける匂いが
　　　　君の心を満たしたとしても
相変わらず惨禍の絶えない国は存在し

　君の愛する家族が
　　夕べの居炉裏で暖をとっていても
相変わらず冷たく重い銃声は轟き渡る

しかし　戦いはまもなく終わる
　　旗をかかげよ　勝利の旗を!!
平和という勝利を手中にして
　　行進するのだ

そこでは
　　大人も子供も輝いた目で国歌を歌い
　　何百羽もの鳩が
　　　　　　　　舞い上がるのだ

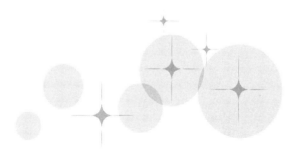

Wild Bird

何処へでも行かれるが
　何処にも存在しない鳥
　　それは　Wild Bird

飛べ　飛べ　舞いあがれ
　さえずりあうハーモニーを響かせて
　　歌い続けろ

響きあい　高めあう　さえずりは
　聞く者の心を高揚させ
　　豊かにしてくれる

時が過ぎゆきても
　人間の魂とともにあり
　　暖かい光で照らしてくれる
　　太陽のもとで

飛べ　飛べ　舞いあがれ
Wild Birdたち

気流

円を描きながら
　　　上昇し　下降する気流

二つの気流のせめぎあいの中で
　　赤と黒が引き裂かれ
　　　　波打ちながら分離する

永遠に交わることのない二つの円は
多彩な色を内包し
空間に渦まいてゆく

対極にある善と悪を軸にして
二つの気流は
上昇し　下降する

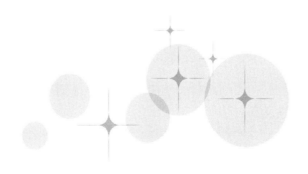

TULIP

足元からたち昇ってくる火の中で
ゆらめきながら
上に向かって伸びているTULIPたちは
若い恋人たちの姿にも似て
不安を漂わせながらも
寄り添って立っている

黄味がかったオレンジ色の火は
尽きることを知らず
足元から上へ上へとたち昇る

TULIPたちは
あえぎながらも花弁をいっぱいに広げ
荒く呼吸をし
火の中でよろめきながら
その姿を保っている

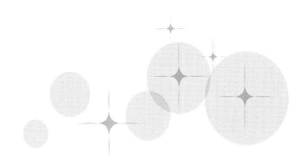

SUNFLOWER

SUNFLOWER
いつでも笑っている
いつでも顔をあげている
日の光をうけて
まっすぐにのびている
SUNFLOWER
涙は嵐と共に姿を消してしまったようだ

夜になってもそのままの笑顔で
咲き誇る
花弁をそろえて

日の光をうけて
まっすぐにのびている
SUNFLOWER

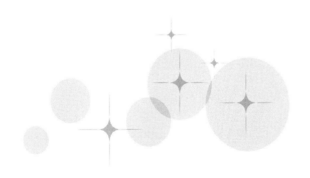

バラⅡ

君はバラとの調和を考えたことがあるか？
不協和音を鳴らしながら
抽象化してゆくバラの姿
追いかけても　追いかけても
辿りつけない
赤く燃え　燃えつきて
最後には白い炎となって
空中に舞い踊る

列をなして斜めに並んでいる花弁に
とげを刺し　固定させることで
調和をとろうとするが
ままならない
君は　そんなバラとの調和を
考えたことがあるか？

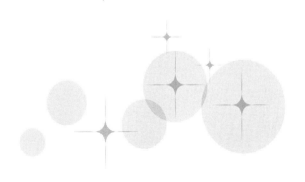

闇の中から

飢えているのか　その子供は
闇の中から呻く小さな声は
かすかに震えるトーンで
その手は
宙に浮いた心をつかもうとして
飛べなくなった小鳥の羽を
つかまえている

羽をばたつかせた小鳥と共に
その子供は　大きく目を見開いて
必死に何かを探そうとしている

母親はどこへ消えてしまったのか
心だけが　その子供の持ちものであった

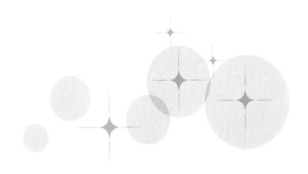

嵐のあとで

嵐の中
一人さまよっていると
閃光が突きぬけていくのが見えた
大きな足が地表を破らんばかりに
踏みつける音をきいた

嵐がやむと
遠くの方で宴がひらかれるのがきこえた

静寂を手に入れた私は
心の中のともしびが
大きな火となって熱く燃えはじめるのを
感じながら
力一杯　冷たい大気を吸いこんだ

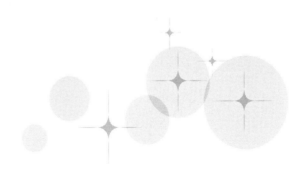

Ⅲ　魂の歌

或る男Ⅱ

光と共に闇があった
いつの時代にも
光に照らされながら
彼は闇の中をさまよった
それから　どうしたというのだ？
時が経っただけだ
悟りを開いたか？
何かに開眼したか？

否
彼という人間は
時の経過を体現しているだけである

毛布にくるまって
ただ　じっとしている
それだけの暖かさを求めている
彼女と共に
一杯のお茶を飲みながら

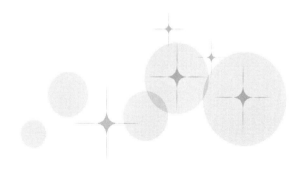

或る男Ⅲ

或る日
一人の男は
錯綜する道に迷いながら
愛を感じて
通りすぎていった
雨の中
早足で―――

その道は
男が通りすぎるそばから
消えていき
誰も
そのあとを追うことは
できないのだった

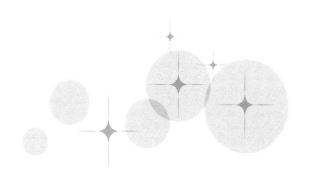

Myself

Nowhere Anyone
　童心にかえった
　たった一人の自分の心を打つものは
　堰をきったように流れでる
　沢山のことばのやりとりだった

傲慢さのすきまから入りこんでくる
　憂鬱という魔物を
　　雨にののしらせ
　　雷に殺させ
　　風にさらわせよう

高揚感から紅潮したその顔は
よどみなく流れることばの
清流と濁流のせめぎあいの中にあって
誇らしく微笑むのだった

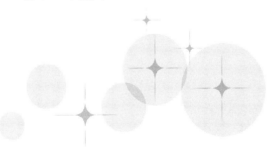

物語 I

愛を眠らせておくれ
　　幾千年前の彼方からやってきた
　　天の使い人たちよ
枕元に寄ってくる静寂と
　　仲たがいしないように

———物語の終わる頃
　　手にとってみた幸福を眺めてみると
　　幾筋かのひび割れができている

血はそこから沁みだして
　地にしたたりおちる

そうして目覚めた後
　夕べの余韻をグラスにかざしてみると
愛と死の狭間で
　狂おしく舞い踊る魂が
　　垣間みえるのだった

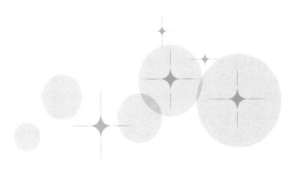

Donner

ドネ

全てを壊す勇気をもって
　自らを与えることを夢みていた
　Donner　あなたへ

人々を駆りたて
　行くべき方向へ導くのだ
　Donner　あなたへ

★Donner＝与える（フランス語）

終わらない　いつまでも
　行き詰まらない　どこまでも
　Donner　あなた方へ

夢は　幻に終わらない

Dormir
ドルミール

Dormir

夢を見ながら　安らかに

幼子たちも　大人たちも

Dormir

脈打つ手と手を組みあわせて

祈りを捧げたあとに

羽毛の枕に顔をうずめて

★Dormir＝眠る（フランス語）

Dormir
夢を見ながら　安らかに
幼子たちも　大人たちも

明日また
その瞳で
世界を見られるように

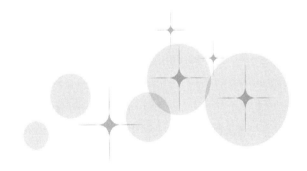

事象

永遠の時を刻み
　永遠という言葉を友として
時折　我にかえって思う
　全ては宙に描いた
絵空事ではないのかと

スウィングしろ？
　それは無理だ
　　鉄で花を創るより無理だ

牙をむけ？
　　それも無理だ
　　　　ネズミがライオンを
　　　　　　　　咬み殺すより無理だ
しかし　全てはあるがままに
　　受容されるべき現実の事象

闇に葬られた時間をとり戻そうとして
　　現在の時と未来の時を重ねて
　　　　案じつづけるのだ

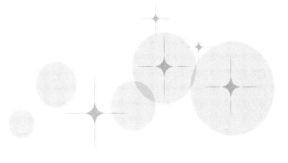

若人よ

ひとしずくの海水で
地球のかけらである岩石を
打ち砕けるか？
ロダンとて　そんなことは考えないだろう

物陰に隠れている若人よ
美しい思い出に浸るには若すぎる
さあ　行って水を汲め
　　　　　　木を切り倒せ

君の中の荒々しさが心に訴えかけたとしても
それに屈服してはならない

君は
色あせない希望とともに
　　　　　己の道を歩んでいくのだ

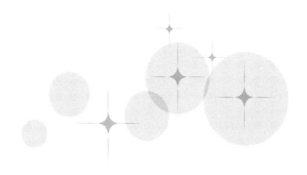

ヒト II

その目は何を探しているのか
その手は何をつかもうとしているのか
その足は何処へ向かおうとしているのか

時の鐘を鳴らすのは誰か
アブラハムの子として生まれてきた
君か
私か
神か

選ばれし民の中に
偉大なる父は存在し
子供たちは皆　彼に従う

神を象った姿の人間たちは
原罪を背負って十字をきる
そして　畑を耕し　作物を育てるのだ

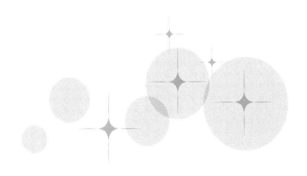

彼の国

天から吊るされた揺りかごに揺られて
　心地よく身を委ねていると
いつもとは違う雨の音が鳴りはじめる
　たたきつけるのではなく
地に埋まるかのような音で降りしきる

地表におちた雨水は
　深く地に浸みこみ
幽暗な地殻をつきぬけて
　彼の国にまで達する
明るく繁栄し　生気に満ちた彼の国に

68

そこでは　富める者も貧しき者も
　王者も　彼に仕える者達も
皆が顔を輝かせ
　生き生きと日々を
　　過ごしている

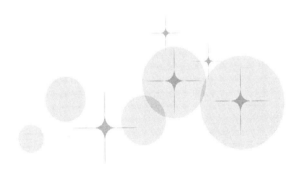

惨禍のあとで

霧雨の中
カタルシスを促すために

石盤に彫られた名前を両手でなぞり

追憶の彼方へと思いをはせる

人々は消えてしまったわけではない

松明（たいまつ）の炎が燃え尽きる前に

さあ　進み行こう

舵をとるのは君だ

魂の歌

幾千年の歴史を持つ
　　大地のうねりの中から生まれでた
汚れなき　気高き魂よ

高揚する心を　声高らかに
　　　　謳い上げよ

明日　天が地に堕ちるとしても
　　　　今この瞬間に
謳い上げよ　歓喜の歌を

死によっても引き裂かれない
　心と心の扉をあけて

汚れなき　気高き魂よ
　天空に向かって舞い上がれ!!

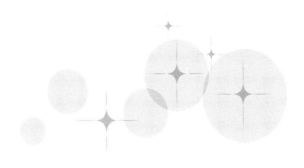

あとがき

今回は、生にまつわる様々なテーマを切りとり、
花やことば、動物などと絡めて、
味付けしてみました。

このささやかな作品集を読んでくださる皆様の
心の琴線に触れるものがあれば幸いです。

お手数をかけた文芸社のスタッフの方々に
お礼を申し上げます。

方 良里

著者プロフィール

方 良里（パン ヤンリ）

東京都生まれ。
パシフィック・ウエスタン大学卒。

残り香とともに

2020年7月15日　初版第1刷発行

著　者　方 良里
発行者　瓜谷 綱延
発行所　株式会社文芸社
　　　　〒160-0022　東京都新宿区新宿1-10-1
　　　　　　　　電話 03-5369-3060（代表）
　　　　　　　　　　 03-5369-2299（販売）

印刷所　株式会社平河工業社

ISBN978-4-286-21810-6